내 서랍 속 제비들

하 일 지 시 집

내 서랍 속 제비들

민음사

* 이 시집은 2003년 프랑스 Librairie-Galerie Racine에서 프랑스어로 먼저 출간되었습니다.

# 봄

Le printemps

## 여름

L`été

# 가을

L'automne

## 겨울

L'hiver

Le printemps

# 내 서랍 속 제비들

—세르주에게

어느 날 제비들이 내 서랍 속에 둥지를 틀었다
그날 마을에
장례 행렬이 지나가고 있었기 때문이다

오리나무와 오리나무와 또 양귀비를 나는
서랍 속에다 심었다
길 잃은 제비들을 위하여

무당벌레와 무당벌레와 또 뱀을 나는
내 서랍의 정원에다 키웠다
허기진 제비들을 위하여

도랑과 도랑과 또 폭포를 나는
서랍 속 내 뱀들의 땅에다 팠다
외로움에 떨고 있는 제비들을 위하여

정원 한가운데다가는 물론

커다란 벽시계도 갖다 놓았다
해가 뜨게 하기 위하여


어느 날 나는 제비들의 서랍 속에다 둥지를 틀었다
그날 마을에
장례 행렬이 지나가고 있었기 때문이다

# 뱀들의 땅 위에서

—베르나르 로로를 위하여

뱀들의 땅 위에서 나는
해진 구두를 깁는다
뱀들의 땅 위에서 나는
깨달았던 것이다
나에게는 아직 걸어야 할 길이 있고
들어야 할 노래가 남아 있다는 것을


침묵의 정갈함
살육의 경건함
우울의 황홀함
죽음의 선율
내 뱀들의 땅 위에서 나는
다시 유서를 쓴다

## 가방에 대한 사색

절름발이 우체부는
우편 가방 속에서 잔다
눈먼 의사는
왕진 가방 속에서 잔다
벙어리 집시는
바이올린 가방 속에서 잔다

사람들은 모두 가방을 들고 다닌다
그 안에 들어가 자기 위하여
참된 오른손잡이는 세상에 없다

가령 일본과 같은
왕국에서는
아직도 사람들이
구두 속이나
호주머니 속에 들어가 잔다
그러나 혁명 이후

마을에서는

그것이 금지되었다

그래서 사람들은 모두 가방을 준비한다


그러나 나는 아직

가방이 없다

나는 절름발이도 장님도 벙어리도 아니기 때문이다

그래서 나는 결정했다

내 제비들의 서랍 속에 들어가 자기로

당신이 항아리 속에 들어가

당신의 개구리들과 함께 자듯이

당신의 딸들이 성냥갑 안에 들어가

성냥개비들과 나란히 자듯이

# 제비들의 역사 교실

제비들의 역사 시간에
내 어린것들은 모두 파이프를 피운다
당신의 모든 개구리들이 수학 시간에
일제히 수음을 하듯이
그래서 내 어린것들의 여선생이 나를 호출하였다

맞습니다 맞습죠
역사 시간에 파이프를 피우는 건 그닥 잘한 일이 아닙죠
암소들에게 방뇨를 금하는 것이 그닥 현명하지 않듯이
그런데 제 생각을 말씀드리자면
역사는 제 어린것들에게 위험합니다
당신의 개구리들에게 수학은 너무 선정적이듯이
알자스의 역사는
스트라스부르의 역사와 같지 않습니다
왜냐하면 알자스의 역사는
아시리아의 역사와 같지 않고
아시리아의 역사는
알래스카 공의회(公議會)의 역사와 같지 않기 때문입니다

오, 가엾은 내 어린것들아!

제발, 내 말을 믿으렴!

역사는 간단하단다

엿같이 간단하단다

선생이 물으면

우선 경마장을 생각하렴

대뜸 파이프를 꺼내어 물지 말고

경마장 가는 길

경마장의 오리나무

경마장에서 생긴 일

이것이 바로 역사란다

세상에는 오직 경마장의 역사만 있을 뿐이란다


오늘 오후에도 나는

학교 앞 포도(鋪道) 위를 초조히 서성인다

당신의 개구리들이 수학 공부를 하는 내내

당신은 마누라를 구타하듯이

# 도랑의 육체적 즐거움

내 서랍 속 도랑은 조국이 없다
모든 목축업자의 딸들이
팬티를 입지 않는 것처럼
그래서 내 모든 도랑은 육체적 쾌락을 즐길 줄 안다
도랑은 밤을 범하고
밤은 물고기를 낳고
물고기는 피아노를 범하고
피아노는 비행기를 낳는다

내 도랑의 육체적 즐거움은 간지러움
지렁이들의 노래와 같은 간지러움
오월의 발정 난 지렁이들의 노래
그래서 모든 나의 도랑은 아랫도리를 뒤튼다
까르르 웃음을 터뜨리며
천진난만한 웃음
간지러운 웃음

내 도랑의 육체적 즐거움은 일렁임

경마장과 같은 일렁임

아득히 하늘에 떠가는 경마장

그래서 내 모든 도랑은 밤새 떠돌아다닌다

유쾌한 부랑자처럼

숲을, 마을을, 항구를

심지어는 북부 전선까지


내 도랑의 육체적 즐거움은 축축함

하얀 작별 인사 같은

수백만 수천만 새들을

붉은 하늘 가득히 날려 보내는 작별 인사

그래서 친애하는 내 도랑은

밤을, 물고기를, 피아노를, 비행기를 적시고

율리아의 두 발과

내 베개까지 적셔 놓는다

내 서랍 속 도랑은 육체의 기쁨을 즐길 줄 안다
그래서 밤마다
강간당한다
숲으로부터, 물고기로부터, 피아노로부터, 비행기로부터
내가 내 뱀들에게
당했던 것처럼

# 어둠 속에서 내가 누굴 부르면

어둠 속에서 내가 누굴 부르면
나는 곧 맹인 지팡이가 된다
젖은 땅 위를 쉬임 없이 두드리는

어둠 속에서 내가 무엇을 부르면
가령 내 제비들이나 양귀비나 혹은 뱀들을 부르면
나는 곧 빈 서랍이 된다

예전에는 나도
다른 것이 되곤 했다
피아노, 물고기, 우산……
그러나 언제부터인지
나는 맹인 지팡이나 빈 서랍이 되곤 한다

이제 아무도
어둠 속에서 날 부르지 않는다
만약 어둠 속에서 누가 날 부르면

그는 곧 부서진 나룻배가 되고 만다

그런데도 때때로
어둠 속에서 내 창문을 두드리는 분이 있다
그러나 나는 열어 주지 않는다
만약 내가 어둠 속에서 창문을 열면
내 창문을 두드리고 있는 분은 불현듯
바람에 흔들리는 나뭇가지가 될 것이고
나는 부풀어 오른 풍향기가 될 것이다

어둠 속에서 당신이 누구를 혹은 무엇을 부르면
당신도 역시 무엇인가 다른 것이 될 것이다
그러나 나는 당신이 무엇이 될지 말하지 않겠다
왜냐하면 나도 체면을 알기 때문이다

나는 어둠 속에서 누군가를, 혹은 무엇인가를 부르는 습
관이 있다

그래서 매일 아침

내 침상 위에는

맹인 지팡이나 빈 서랍이 놓여 있다

## 내가 병따개였을 때

내가 병따개였을 때
나는 뭐든 열 수 있었지
모두 모두 모두
밤
피아노
바다
맹인 수도사의 눈
죽음의 병(瓶)마저도
그러나 나는 이제 더 이상 병따개일 수가 없다
이미 너무 많은 걸 열어 버렸기 때문이다

내가 성냥갑이었을 때
나는 뭐든 그 속에 가둘 수 있었다
모두 모두 모두
물고기
우산
하늘

절름발이 우편배달부
팬티를 입지 않는 목축업자의 딸들마저도
그러나 나는 이제 더 이상 성냥갑일 수가 없다
이미 너무 많은 걸 가두어 버렸기 때문이다


내가 비행기였을 때
나는 모든 것에 의하여 감금당했다
모든 모든 모든
맹인 지팡이에 의해
폐결핵에 의해
오리나무 그늘에 의해
바람난 구두에 의해
쉴 새 없이 거짓말하는 물고기들의 눈에 의해
그러나 나는 이제 더 이상 비행기일 수가 없다
이미 너무 많은 것들에 의해 감금당했기 때문이다


당신들도 아시다시피

지금 나는
한갓 정원사에 지나지 않는다
눈먼 정원사
그래서 날이면 날마다
내 서랍을 열었다 닫았다 할 뿐이다

# 여름

L`été

# 양귀비의 유혹

내 서랍 속 정원 가득
달빛이 들면
내 모든 양귀비들은 맨발로 걷는다
저마다 율리아가 된다
아마도
이맘때면
멀지 않은 어디쯤
경마장은 일렁이고 있겠지

율리아!
내가 부르면
내 모든 율리아들은 개울 쪽으로 달아난다
맑은 웃음을 터뜨리면서
그리고 그녀들은 개울물을 유혹한다
손을 씻고 얼굴을 씻고 발을 씻고
치마를 걷어 올린 채
하얀 허벅다리까지 씻는다

이맘때면 틀림없이
경마장은 동구 밖에서
서성이고 있으리

율리아!
나는 개울을 향해 달려간다
물 위에 비친
율리아를 건지기 위해
그러나 내 모든 율리아들은
겁 많은 사슴처럼 숲으로 달아나고
내가 물에서 건져 내는 건
한 줌의 달빛뿐

새벽이 가까워서야
율리아들은 내 침상 속으로 들어온다
꿈의 이부자리 속으로
그리고 내 귀에다 대고 속삭인다

"저기 경마장이 있어요!"

그래

이맘때

경마장은 문밖에서 날 기다리고 있으리

먼 나라에서 찾아온 사절단처럼

# 오리나무 그늘 속에서

오리나무 그늘 속에서
나는 거짓말을 궁리한다
진짜 거짓말
왜냐하면 오리나무 그늘 속에서
내 제비들과
내 무당벌레들과
내 뱀들은 모두 거짓말을 하기 때문이다
진짜 거짓말

제비들은 말한다
경마장은 네거리에서 서쪽으로 칠백팔십이 걸음, 북쪽으로 오백육십오 걸음, 그리고 다시 서쪽으로 구백이십삼 걸음 걸어가야 한다
──오호라!
그때 무당벌레들은 중얼거린다
마사회 사람들은 대머리들이다 침술사들의 보라색 귀두와 같은 대머리

──오! 세상에!

마침내 내 뱀들은 중얼거린다

경마장의 나무들은 밤새도록 시내를 돌아다닌다 생선
가게를 찾기 위하여

──세상에 이런 거짓말이!


경마장에 대해 항간에 떠도는 말들은 단순한 소문에 지
나지 않는다

경마장은 존재하지 않는다


그럼에도 나 역시 거짓말을 궁리해야 한다

진짜 거짓말

왜냐하면 나는 오리나무 그늘 속에 있기 때문이다

그러나 당신들도 아시다시피

나처럼 정직한 시인에게는

거짓말을 꾸며 내는 게 가당치가 않다

## 할머니의 제비들

내 할머니의 제비들은
나의 제비나
내 뱀들의 제비 같지가 않다
그것들은 벽난로 속에
벽시계 속에
피아노 속에
심지어는 낡은 바이올린 속에 둥지를 튼다
그래서 버릇이 없다
오월의 지렁이처럼
술 취한 러시아 조개처럼

벽시계가 종을 칠 때마다
모든 제비들은
벽난로에서
벽시계에서
피아노에서
심지어는 낡은 바이올린에서

일제히 날아오른다
불타는 잡목 숲처럼
질투하는 오리처럼 시끄럽게 지저귀면서

버릇없는 제비들과 사는 건 그다지 좋은 일이 아니다
왼손잡이 여자와 결혼하는 게 그닥 행복하지 않듯이
그러나 사람들은 저마다의 경마장을 가지고 있다
저마다 손에 손에 맹인 지팡이를 들고 있듯이

참다못해 어느 날
나는 말했다
"할머니! 왜 서랍장의 서랍들을 열어 놓지 않나요?
그랬다면 그 속에 제비들을 갈무리할 수 있었을 텐데"
그러나 할머니는 대답이 없다
빛바랜 흑백사진 속에서
조용히 미소만 지을 뿐

# 양귀비의 딸

아무도 모른다네
언제부터였는지,
예쁜 딸 치마 밑에
양귀비 딸 치마 밑에
고슴도치 살았다네
예의 없는 입주자

아무도 모른다네
그것이 무엇인지,
예쁜 딸 양귀비 딸
비밀을 가졌다네
가슴속 깊은 비밀
부끄러운 비밀

아무도 모른다네
까닭이 무엇인지,
예쁜 딸 양귀비 딸

말을 잃어버렸다네
안녕이란 인사말도
잘 가라는 인사말도

아무도 모른다네
어디로 가려는지,
예쁜 딸 양귀비 딸
여행 가방 꾸렸다네
양귀비는 슬퍼하고
나 또한 걱정하네

# 뱀들의 사랑


당신이 나를 사랑해 준다면
나는 나비 표본을 드리겠습니다
내 어머니의 무덤가에서 채집한 나비


당신이 나를 사랑해 준다면
나는 아코디언을 드리겠습니다
나의 아버지가 남겨 주신 아코디언


당신이 나를 사랑해 준다면
나는 색연필을 드리겠습니다
벙어리 여자의 문방구에서 산 색연필


오! 당신이 나를 사랑해 준다면 아가씨,
내가 가진 모든 것
내가 가질 모든 것을 드리겠습니다


당신이 나를 사랑해 준다면

매일 저녁 스트라스부르 대학 갈리아 식당에서 나는
내 접시에서도 제일 굵은 감자
잘 익은 배 반쪽도 드리겠습니다

당신이 나를 사랑해 준다면 오! 아가씨,
짚으로 엮은 내 침상에 당신을 누이겠습니다
새벽이 올 때까지 나는
하늘의 별을 다 헤아리겠습니다

당신이 나를 사랑해 준다면
아가씨, 내가 가진 모든 것
내가 가질 모든 것을 드리겠습니다
당신이 날 사랑하지 않는다고 해도
아가씨,
내가 가진 모든 것
내가 가질 모든 것을 드리겠습니다

# 무당벌레의 근심

푸른 달빛 아래
나의 모든 무당벌레는 걱정한다
지난해
출가하여 산으로 간
눈먼 남동생을

길은 언제나
어린 승려 앞에 펼쳐지고
그는 끊임없이 걸어야 한다
그의 길을 어깨에 둘러멘 채
우리가 자신의 시체를 어깨에 둘러멘 채
돌아가야 하듯이

양귀비들이 달빛 속을
거닐고 있을 때
지렁이가 비가(悲歌)를 부르고 있을 때
나의 무당벌레들은

어린 남동생의 창백한 미소
푸른 작별 인사를 떠올린다

기쁨은 추억 속에 깃들고
슬픔은 가슴속에 자란다
비행기는 물고기 눈 속을 날고
공항은 안개 낀 숲 속을 거닐고 있다

푸른 달빛에 젖어
나의 무당벌레들은 조약돌이 된다
근심에 잠긴 조약돌
빗속에서
기차를 기다리는
피아노처럼

# 내 구두의 바람기

내가 잠이 들면
오리나무들이 내 구두를 신는다
내 허락도 없이
아마도 생선 가게에 가기 위하여
이런 경우
내 구두가 진실로 날 위해 정절을 지키자면
오리나무를 거부해야 할 것이다
그러나 내 구두는 거부하지 않는다
그 부랑자들과 어울려 밤새 돌아다닌다

참으로 순결한 구두는 세상에 드물 것이다
게다가 내 구두로 말할 것 같으면
지난해 권총 자살한 나의 러시아 친구
마크 샤트놉스키로부터 얻은 것이다
그렇지만
이제 그것이 내 것인 이상
날 위해 정조를 지키는 것이

마땅하다고 나는 생각한다

내가 잠이 들면
뱀들이 내 구두 속에 들어가 잔다
내 허락도 없이
아마도 구두의 체온을 즐기기 위해
이런 경우
내 구두가 참으로 날 위해 순결을 간직하려면
뱀들을 거부해야 할 것이다
그러나 내 구두는 거부하지 않는다
그 색정광들의 요구를 일일이 받아들인다

자신의 구두를 믿는 사람은 세상에 드물 것이다
특히 그것이 러시아제 구두라면
짐작건대
마크 역시 죽음에 이르는 고통을 겪었을 것이다
이 구두의 바람기 때문에

그래서 나는
구두를 단단히 졸라 신은 채
잠자리에 든다

내가 잠이 들면
구두는 내 발을 풀어 놓는다
밖으로 나가기 위해
그래서 밤마다 나는
맨발로 안개 낀 길거리로 나간다
그러나 어디서도
내 구두를 찾을 수 없다
그녀들의 희미한 웃음소리
유혹하는 웃음소리만 들을 뿐이다

내가 잠에서 깨어나면
구두는 내 발을 애무한다
그러나 더 이상 날 속일 순 없다

그 시간에 그녀들은

축축이 젖어 있기 때문이다

그 시간에 나는

마크의 고통과

우리의 공통된 운명을 생각한다

## 비행기 그림자

커다란 비행기가
내 서랍 속 정원 위를 날아가는 동안
비행기 그림자 속에서
내 모든 날짐승들은 떨어지는 모자가 된다
내 모든 길짐승들은 헤엄치는 장갑이 된다
내 모든 식물들은 날아가는 넥타이가 된다
그리고 나는 병따개가 된다

비행기 그림자는
내 동물의 발육에도
내 식물의 성장에도
내 건강에도 해롭다
붉은 고슴도치의 오줌 냄새가
당신네 개구리들의 정서 발달에 치명적이듯

내 서랍의 정원 위로는 원칙적으로
비행이 금지되어 있다

그러나 마을에 장례 행렬이 지나갈 때면
비행기들은 항로에서 벗어나
내 불쌍한 정원 위로 날아간다
바보스럽게 커다란 그림자를 드리운 채
저공비행으로

그래서 나는 결심했다, 물고기를 키우기로
비행기가 물고기 눈 속으로 날게 하기 위하여
그 후로
마을에 장례 행렬이 있는 날이면
모든 비행기들은 얌전한 올챙이처럼
물고기 눈 속을 날아간다

# 물고기들의 거짓말

물고기들의 거짓말은 빨갛다
무당벌레의 똥처럼

무당벌레들이 똥을 눌 때마다
모든 물고기들은 일제히 거짓말을 한다
그래서 바다는 빨갛다

거짓말을 해 다오, 제발
빨간 거짓말
새빨간 거짓말
원숭이 똥구멍보다 빨갛고
천사의 멘스보다 빨간

오! 거짓말을 해 다오
친애하는 물고기들이여!
무자비한 거짓말
강간하듯

히말라야에서 강간하듯
시뻘건 광시곡과 같은 강간

물고기의 거짓말이 빨갛기 때문에
그것들이 거짓말을 할 때마다
나는 자살을 기도한다
권총 자살
완전히 빨간 자살

## 내가 오리나무를 의심하는 까닭

밤이면
한밤중에
오리나무들은 일어나
검은 외투를 걸친다
내 머리맡을 밟고
하나둘 밖으로 나간다
어디로 가려는 걸까
그러나 어떻게 알리

이 시간에
생선 가게는 문을 닫았다
벙어리 여자의 문방구 진열장에도
율리아의 창문에도 불이 꺼졌다
오직 늙은 장의사만이
푸른 불빛 아래 커다란 의자에 앉아
졸고 있을 것이다
늦은 밤에 찾아올 사람을 기다리면서

그런데도 밤마다
내 오리나무들은 나간다
나에게는 한마디 말도 없이

이 밤 안에 경마장까지 갈 수는 없다
마을의 밤은 너무 어둡기 때문이다
이 나라에서도 가장 어두운 어둠
이 세상에서도 가장 어두운 어둠
바닷속과 같은 어둠
죽음과 같은 어둠

오리나무들이 떠난 뒤
나는 잠을 이루지 못한다
이 시간에
생선 가게는 문을 닫았다
이 밤 안에 가기에 경마장은 너무 멀리에 있다
그런데도 밤마다

내 오리나무들은 밖으로 나간다
의붓어미한테 학대받는 아이처럼
혹은 몽유병자처럼

날이 밝기 전
푸른 여명 속에서
나는 잠결에 희미한 소리를 듣는다
아! 내 오리나무들이 돌아오고 있네!
그들은 하나둘 들어온다
어딜 갔다 오는지 한마디 말도 하지 않고
그러나 나는 묻지 않는다
묻지 않을 것이다

가을

L`automne

# 당신의 딸의 무당벌레


친애하는 타라소브 경
감히 말씀드리건대
경의 따님의 무당벌레는
무당벌레가 아닙니다
왜냐하면 그것은 너무 무당벌레스럽기 때문입니다


지난해 마노 카비나에서 소인이
율리아 타라소브 양을 만났을 때
소인의 눈 앞에서 그녀가 자신의 서랍을 열었을 때
소인은 하나의 완전한 무당벌레를 발견하고는 너무나 황
홀했습니다
너무나 귀엽고 너무나 자존심 센
부끄럼 많고 두려움에 찬 무당벌레
절름발이 우체부의 무당벌레 같은
눈먼 수도사의 무당벌레 같은


경의 따님의 무당벌레를 진실로 사랑한 소인은

꿈꾸기 시작했습니다

그것을 입양하기로

소인의 무당벌레를 위하여

소인의 뱀들의 무당벌레를 위하여

그리고 물론

혼자 외로워 보이는

경의 따님의 무당벌레를 위하여


소인은 다시 오리나무와 오리나무와 양귀비를 심었습니다

지체 높은 무당벌레를 기다리면서

양귀비 그늘에다는

깊은 은둔처도 만들었습니다

수줍음 많은 무당벌레를 위하여

그 황홀한 무당벌레를 모셔 오기 위하여 소인은

소인이 가진 모든 것을 따님께 바쳤습니다

색연필, 나비의 표본, 아코디언……

친애하는 타라소브 경 부처,
허락해 주신다면 소인은 감히 말씀드릴 수 있습니다
경의 따님,
율리아 타라소브 양의 무당벌레는
무당벌레가 아니라고
왜냐하면 그것은 너무 무당벌레스럽기 때문입니다
너무나 귀엽고 너무나 자존심 세고
너무나 부끄럼 많고 너무나 겁이 많아
소인의 뱀들의 식물원에 입양하기에는 말입니다

소인의 모든 무당벌레들과
소인의 모든 뱀들의 무당벌레들은
잊지 못할 것입니다
그 깜찍한 무당벌레를
그러나 이제 잊으려 애쓸 것입니다
그 무당벌레는 너무나 무당벌레스럽기 때문입니다

# 벽시계 속의 새앙쥐

감히 말하거니와, 쥐는 그다지 교양 있는 동물이 아니다 특히 내 벽시계 속의 새앙쥐들은, 모든 사생아들이 콘돔을 사용하지 않듯이 그것들은, 경마장에 대해서는 아무 관심도 없다 따라서 그들은 밤마다 자식 농사나 짓는다

방탕한 그들의 생활은 차마 입에 담기가 부끄럽다 나는 다만 당신들께 그들의 문란한 생활 때문에 우리가 얼마나 고통 받고 있는가 하는 데 대해서만 말하고자 한다

밤이면 밤마다 그것들은 이상한 소리를 질러 대는데 그 것은 차라리 단말마에 가깝다 놀란 내 제비들은 푸드득 날개를 치며 잠에서 깨어나고, 무당벌레들은 귀를 틀어막고, 뱀들은 애써 못 들은 척하며 코란을 펼쳐 든다 그리고 나는 그 시간에 내 아버지의 유언을 떠올린다 "쥐가 많으면 근심이 많단다"

그 말이 맞아, 아빠, 쥐를 없애자면 고양이를 키워야 한다는 것도, 그렇지만 아빠도 알다시피 고양일 키우기엔 내 서랍은 너무 좁아

# 내 서랍 속 언덕 위에서

—케리 숀 키즈에게

내 서랍 속 언덕 위에서 나는
내 가진 모든 것을 날려 보낸다
나비의 표본
아코디언
색연필
그리고 내 맹인 지팡이까지
내 서랍 속 언덕 위에는
바람이 불고 있기 때문이다

지난해까지만 해도
나는 사실
바람 부는 언덕 위에서
더 많은 것들을 날려 보낼 수 있었지
비행기
피아노
물고기
그리고 주황색 안락의자까지도

그러나 금년에 나는
그다지 많은 것을 날려 보낼 수가 없다
금년에 나는
내 작은 서랍 속에다
그다지 많은 것을 가질 수 없었기 때문이다
그래서 나는
바람에게 용서를 구한다
넉넉히 날려 보내지 못하는 나를

내 서랍 속 언덕 위에서 나는
내 아버지가 그의 언덕 위에서
날려 보낸 것들에 대하여 생각한다
아마도
그 시절 사람들은
오늘날보다 더 많은 것을 날려 보낼 수 있었을 것이다
그 시절에는
오늘날보다 더 많은 가을걷이를 했을 테니까

금년에도 역시

내 가진 모든 것을 날려 보낸 뒤 나는

늦어서야 돌아온다

내 시체만을 어깨에 둘러멘 채

마을에 도착했을 때

어둠은 무릎에까지 차오르고 있었고

검은 개들은 짖고 있었다

나를 향하여

혹은 나의 시체를 향하여

# 바람 부는 저녁

—안토니를 위하여

바람 부는 저녁
할머니는 내 서랍 속에서 잔다
내 제비들과 함께
바람 부는 저녁이면
내 제비들은 열이 있기 때문이다
나 역시 열이 있기 때문이다
푸른 열
나선형의 열

바람 부는 저녁에
모든 오리나무들은 울고 있고
모든 양귀비들은 시들어 가고 있고
모든 뱀들은 차가운 흙 위에서
경마장을 회상한다
알래스카에서 열린 공의회처럼
허공에 펄럭이는 경마장
내 어린 제비들은 밤새 기침을 한다

바람 부는 저녁에는
아무도 길을 나서지 않는다
길모퉁이에는 오직
여윈 이방인 한 사람만이
낡은 아코디언으로
이국의 선율을 연주한다


시베리아로 떠나는 기차의
기적 소리가 난 뒤로도 오랜 시간이 흐르면
조금씩 조금씩 바람은 잦아든다
내 어린것들의 기침 소리도
그리고 내 식물원 위로는
천천히 새벽이 다가온다
그러나 내 서랍 속 어디에서도
할머니는 찾을 수 없다
제비들과 함께 잠자리에 들었던 할머니는
벌써 스무 해 전에
내 곁을 떠났기 때문이다

# 오리나무의 구걸

어느 날, 밤늦게 돌아오고 있을 때 차가운 어둠 속에서 누가 내 바짓가랑이를 잡으며 말했다 "불쌍히 여기소서!" 최근에 마을에 찾아든 문둥이들 중 하나일 거라고 생각한 나는 한차례 발길질을 하며 소리쳤다 "놔!" 그러나 어둠 속의 그는 나를 놓아주지 않았다 "한 푼만요, 제발!" 그때 나는 귀에 익은 목소리에 깜짝 놀라며 그게 누구인지 확인하기 위하여 그를 밝은 곳으로 끌고 갔다 "오! 맙소사!" 뜻밖에도 그것은 내 오리나무 중 하나가 아닌가? 그 역시 놀란 눈으로 나를 바라보고 있었다 아마도 그는 달아나고 싶었을 것이다 나는 그의 가지를 단단히 붙든 채 준엄하게 꾸짖었다 "부끄럽지도 않나?" 그는 아무 대답도 하지 않았다

# 쐐기풀 덤불 속에서

내가 쐐기풀 덤불에 도착하기 전에는
나는 내가 장님이라는 사실을 몰랐다
쐐기풀 덤불에 당도했을 때 나는 비로소
내가 완전한 장님이라는 사실을 알았다

어느 한낮에
눈부신 한낮에
바로 그날
문방구집 벙어리 여자가 학(鶴)이 되어 버렸기 때문에
나는 내 서랍의 정원 속
쐐기풀 덤불 속으로 들어갔다
그런데 그때
모든 쐐기풀들이 말했다
"당신은 장님이에요!"
그때부터 나는
더 이상 아무것도 볼 수 없었다
내 오리나무도 양귀비들도

쐐기풀 덤불 속에서
정원사들은 모두 맹인이 된다
우편 가방 속에서
모든 우체부들이 절름발이가 되듯이

때때로 사람들은
쐐기풀 덤불 속에서
다른 것이 되기도 한다
이를테면 물고기, 뱀, 진공청소기……
그러나 나는
정원사에 지나지 않기 때문에
다만 맹인이 된다

내가 쐐기풀 덤불에서 나오기 전에는
나는 내가 귀머거리인 줄을 몰랐다
어느 한낮에
눈부신 한낮에

바로 그날
문방구집 벙어리 여자가
숲 너머로 날아가 버렸기 때문에
나는 쐐기풀 덤불에서 나왔다
맹인 지팡이를 더듬거리며
바로 그때
모든 쐐기풀들이 말했다
"당신은 귀머거리예요!"
그때부터 나는 아무것도 들을 수 없었다
내 제비들의 지저귐도 뱀의 노래도

# 밤안개 속에서

안개 낀 어느 밤 나는 서랍 속 내 식물원에서 길을 잃었다 몇 시간째 헤매었을 때 나는 문득 차가운 어둠 속에서 희미한 한숨 소리를 들었다 깜짝 놀라 나는 귀를 기울였다 "그놈 때문에…… 그놈 때문에……" 그것은 푸른 안개 속 어디에서 흐느끼고 있는 내 무당벌레였다 오! 불쌍한 내 어린것! 그때 또 다른 목소리가 내 귀를 때렸다 "나도 그자를 몸서리치게 증오해!" 그것은 떨리는 목소리로 소리치는 내 오리나무였다 이렇게 되자 내 어린 무당벌레와 무고한 오리나무를 괴롭히는 것이 대체 누구인지 알아내기 위해서 나는 엿들을 수밖에 없었다 세 번째로는 내 양귀비 중 하나의 목소리가 말했다 "우린 그 눈먼 정원사 놈의 천박한 허영의 제물이 된 것뿐이야 자신의 허영심을 채우기 위해 우리를 이 좁은 서랍 속에다 가둬 버렸어" 심지어는 내 제비들 중 하나까지 이렇게 소리쳤다 "개새끼! 그날 마을에 장례 행렬이 지나가는 동안 그놈은 서랍을 열어 놓았어 우리 같은 제비들이 길을 잃게 하기 위해서" 그들이 하는 말을 들으면서 나는 내 귀를 의심했다 "죽여야 돼! 그자를 죽여

야 돼!"오리나무들이 소리쳤다 "그렇지만 어떻게?"무당
벌레 중 하나가 물었다 그때 양귀비 중 하나가 위협하는 소
리로 말했다 "그런데 너희 뱀들은 이 좁은 서랍 속에 사는
게 그렇게 좋으냐? 그렇지 않다면 어째서 너희들의 그 독니
로 그놈의 더러운 허벅지를 물어 버리지 않는 거냐?"그렇
게 되자 내 뱀들 중 하나가 나섰다 "우리도 기회를 엿보고
있어"그들이 하는 말을 들으면서 나는 땅바닥에 무너졌
다, 경마장처럼, 나의 두 다리는 더 이상 내 몸의 무게를 지
탱할 수가 없었던 것이다 나는 차라리, 친애하는 나의 뱀들
이 나를 물어 버리기를 기대하면서 차갑고 축축한 흙 위에
엎드렸다 어두운 안개 속 내 서랍 속 식물원에 엎드려 나는
울기 시작했다

# 내 서랍 속 가을

내 서랍 속의 가을에
벽시계는 종종
고장이 난다
밤새
쥐들이 태엽을 쏠아 놓기 때문이다
따라서 해는 규칙적으로 뜨지 않는다

내 서랍 속의 가을에
제비들은 분주히 들락거린다
시간을 묻기 위하여
무당벌레들은
결핵에 걸린
양귀비 잎사귀에 얼굴을 묻은 채 흐느껴 운다

오직 뱀들만이 언제나처럼 조용하다
차가운 흙 위에서
지열을 읽어

그들은 벌써 시간을 알고 있는 것이다
먼먼 순례의 길을
떠나야 할 시간을

내 서랍 속의 가을에는
문둥병에 걸린 걸인이 노래한다
이국의 노래를
쥐들은 오늘 밤
내 구두를 갉을 것이고
밤새껏 나는 율리아를 부를 것이다

# 사죄

나는 경마장에 대하여 말한다
왜냐하면 경마장이 있기 때문이다
나는 경마장에 대하여 말한다
왜냐하면 경마장이 없기 때문이다

나는 내 서랍을 여는 것을 사과한다
나는 내 서랍을 닫는 것을 사과한다
나는 내 서랍 속으로 들어가는 것을 사과한다
나는 내 서랍 속에서 나오는 것을 사과한다

무엇을 사랑한다는 것은
무엇을 미워한다는 것
오리나무를 심어서 죄송하다
벽시계를 심어서 죄송하다

내 서랍 속에 둥지 튼 제비들을 용서하소서
내 제비들의 서랍 속에 둥지 튼 나를 용서하소서

내 무당벌레들을 용서하시고
율리아 타라소브 양의 무당벌레를 용서하소서

서랍을 여는 것은 서랍을 닫는 것
서랍 속에 둥지를 트는 것은 서랍을 여는 것
서랍을 닫는 것은 서랍 속에 둥지를 트는 것
서랍을 닫는 것은 무당벌레를 키우는 것

용서하라 나를
용서하라 내 뱀들을
용서하라 나를
용서하라 내 서랍을

경마장을 키우는 것은 제비를 심는 것
내 뱀을 사랑해서 죄송하다
경마장 이야길 해서 죄송하다
뱀을 키우는 것은 무당벌레를 미워하는 것

사과하는 나를 사과한다
사과하지 않는 나를 사과한다
사과하는 당신을 사과한다
사과하지 않는 당신을 사과한다

날 용서하소서
날 용서하소서
당신을 용서하소서
당신을 용서하소서

# 만약 나의 뱀들이 나를 물어 버린다면

만약 나의 뱀들이 나를 물어 버린다면
나는 더 이상 아무도 놀려 먹지 못할 것이다
눈먼 수도사의 대머리도
절름발이 우체부의 구두 뒤축도
제비들을 가르치는 역사 여교사의 커다란 젖통도

만약 나의 뱀들이 그 빛나는 독니로
날 물어 버린다면
내 서랍의 정원에 자라는 쐐기풀도
벽시계 속에 번식하는 쥐들도
더 이상 내 근심이 되지는 않을 것이다
뱀들이 날 물어 버릴까 봐
걱정하지 않아도 될 것이다

친애하는 나의 뱀들이 날 물어 버리면
푸른 독은 순식간에
내 몸 구석구석으로 퍼져 나가리

시냇물이 피아노를 부식시키듯이
한 무리의 까마귀들이 날아와
푸른 내 시체를 뒤덮고
내 눈알을 쪼아 대겠지

그래도
생은 아름다운 것
왜냐하면 내가 죽은 뒤
나의 썩은 고기로
까마귀들을 배불리 먹일 수 있으니
고아가 된 비행기를 위하여
피아노는 물고기를 유산으로 남겨 주겠지

오! 지체 높은 나의 뱀들이여!
너희들이 내 목덜미를 한 번만 물어 준다면
경마장은 천천히 내 위로 내려올 것이고
나는 율리아를 만나게 되리라

바닷속 무지개 위에서
하나의 별과 또 하나의 별이
은하수 위에서 만나듯이

# 겨울

L`hiver

# 항아리 속의 오후

때때로 나는 항아리 속에서 오후를 보낸다
오래전에 나의 아버지가
항아리 속의 하늘은
둥글다고 했기 때문이다

항아리 속의 오후는 차라리 나선형이다
내 푸른 미열과 같은
내 뱀들의 노래와 같은
바닷속으로 추락하는 관
율리아의 관이 추락할 때처럼

항아리 속의 어느 오후
다리를 저는 순례자 한 사람이 나에게로 왔다
길을 묻기 위하여
나는 나그네와 함께 역으로 갔다
푸른 침묵 속에서
나선형의 침묵 속에서
그리고 우리는 검은 기차를 탔다

날이 가고 날이 가고
달이 가고 달이 갔다
도시와 도시
나라와 나라
그리고 성지들을 두루 돌아다녔다
투명한 침묵 속에서

그런데 어느 둥근 오후에
나는 문득 깨달았다
절름발이 순례자가 바로 내 아버지라는 것을
나는 놀라움으로 소리쳤다
"아빠!"
바로 그때
항아리 속의 둥근 하늘 위로
놀란 나의 제비들이 일시에 날아올랐다
귀가 멍멍해질 정도로 지저귀면서

# 양귀비의 결핵

양귀비의 결핵은 하얗다
율리아의 죽음처럼
지난해 마노 카비나에서
음독자살한
그래서 가엾은 내 양귀비는
창백한 미소를 짓는다

양귀비의 결핵은 정직하다
뱀의 노래처럼
그것은 시큼하다
물고기 눈 속을 날고 있는 비행기처럼
그것은 황홀하다
나비의 욕정처럼
내 어머니의 무덤가에서
채집한 나비

양귀비는 이제 더 이상

달빛 속을 거닐지 않는다
미소가 너무나 창백하고 너무나 정직하고 너무나 황홀하
기 때문이다
피아노 앞에 앉아도
이제 왈츠를 연주하지 않는다
오리나무 그늘 속에서도
그 재미난 거짓말을 더 이상 하지 않는다

생은 길다
왜냐하면 내 서랍이 좁기 때문이다
생은 짧다
왜냐하면 내 정원이 아름답기 때문이다

내일 아침
이른 새벽
양귀비는 돛단배를 탈 것이다
하얀 돛

이름 없는 섬에 유폐되기 위하여

율리아의 관처럼

심해 밑바닥

바닷속 공동묘지를 향하여

흘러가고 있는 관처럼

# 뱀들의 아침 식사

뱀들의 아침 식탁에서
나의 모든 뱀들은 침묵한다
밤새 장례식에 다녀온 문상객들처럼
침묵한다
왜냐하면 그들은 벌써 땅이 차가워진 것을 알기 때문이다
침묵한다, 푸른 침묵을
경마장의 역사와 같은 침묵

당신이 당신 개구리들의 체온을
유리로 된 온도계로 재듯이
눈먼 수도사가 지렁이의 노래를 듣고
길을 찾아가듯이
내 모든 뱀들은
지열을 읽고 아침을 예감한다
경건한 아침
내 곁을 떠나야 할 아침을

사랑은 짧고
회환은 길다
나룻배는 작고
사공의 노래는 길다

푸른 새벽
내 뱀들의 아침 식탁에도
하얀 신문이 놓인다
그러나 누구도 펼쳐 보지 않는다
패전 소식
북부 전선에서의 패전 소식은
이미 들어서 알기 때문이다

# 서랍 속에서의 한철

서랍 속으로 이주하기 위하여
내가 내 하늘을 걷어 낼 때
문둥병에 걸린 방물장수는 마을 사람들을 불러 모으고
있었다
수의를 팔기 위하여
북부 전선에서 오는 기차는 언제나
전사자들로 가득했고
녹슨 배기관에 날아 앉은 푸른 나비는
녹물을 빨고 있었고
벙어리 여자의 문방구집 아이들은
지렁이를 먹고 있었다

서랍 속에서의 한철
나는 나무를 심었다
예감의 나무
가지마다 어느 순수한 하늘에 일렁이고 있는
새들을 예감하고

잎사귀마다 비밀의 바다를 예감하고
뿌리마다 순례자들의 여정을 예감하는 나무
그러나 내가 심은 오리나무는 언제나
생선 가게만을 생각했다
경마장의 모든 나무들처럼

제비들의 재잘거리는 소리를 들으면서
때로 나는 전쟁터 일을 잊을 수 있었다
창문을 열기 위하여
때로 나는 풍향기가 되기도 하고
차가운 대지에 뿌리를 내리기 위하여
때로 나는 맹인 지팡이가 되기도 했다
그러나 번번이 나는 병따개가 되곤 했다
커다란 비행기가 끊임없이
나와 내 서랍 위로 날아가곤 했기 때문이다
내 푸른 미열을 악화시키는 커다란 그림자를 드리우면서

시간은 차라리 한 무리의 푸른 먼지

왜냐하면 그것은 바람의 아들이기 때문이다

그래서 서랍 속의 한철 나는

푸른 결핵성 기침을 했다

불가피하도다

모든 우편배달부들이 다리를 저는 것은

세상의 모든 나무들이 생선 가게를 생각하는 것은

비행기들이 모두 내 머리 위를 비행하는 것은

불가피하도다, 내가 자살을 꿈꾸는 것은

황홀한 권총 자살

# 말해 다오, 율리아

—율리아에게

말해 다오, 율리아

내가 어쩌면 좋을지

모든 나의 제비들은 내 곁을 떠났고

모든 나의 양귀비들은 시들었고

모든 나의 뱀들은 벌써

긴긴 순례를 떠났다

그리고 너는 지금

공동묘지에 갇혀 있다

바다 밑 공동묘지

말해 다오, 율리아

이제 내가 뭘 할 수 있을지


오늘 아침

일어나 보니

무빙(霧氷)이 내려 세상은 온통 하얗게 변해 있었다

내 정원은 완전히 얼어 있었다

오리나무 가지들도

양귀비 잎사귀들도
제비 둥지도
심지어는 벽시계마저도
두꺼운 얼음에 덮여 있었다
내 서랍은 차라리
얼음의 공동묘지

이제 내 제비 둥지는 비어 있다
완전히 비어 있다
뱀들의 휴식처도 비어 있다
모두 내 곁을 떠났다
작별 인사도 없이
오직 한 마리 지렁이만이
차가운 땅 위에서 꿈틀거리고 있다
죽음의 땅
얼음 위에 엎드려 나는
기침을 하고 있다

피를 토하고 있다

나의 오리나무들은 이제 더 이상 외출하지 않는다
뿌리가 얼어 죽었기 때문이다
나의 무당벌레들은 사라졌다
얼어붙은 양귀비 잎사귀에
말라붙은 껍질만 남겨 놓은 채
작동을 멈춘 벽시계는
차가운 안개 속에서
깊고 푸른 명상에 빠져들었다
내 서랍은 이제 차라리 시체 매립장
오직 굶주린 쥐들만이 분주히 오가고 있다
먹을 것을 찾기 위하여

서랍 속의 한 해 여름은 완전히 다른 여름이었다고 할
수는 없다
성냥갑 속의 하루가 특별한 하루라 할 수 없듯이

그러나 나는 견딜 수 있었다
내 가족들 덕분에
내 제비, 내 양귀비, 내 뱀, 내 오리나무, 내 가엾은 무당
벌레……
그러나 이제
모두 끝났다
내 곁에는 아무도 없다
그리고 너
너는 지금 공동묘지에 있다
바닷속 그 공동묘지

오래전부터 나는 종말을 예감했다
서랍 속 내 생의 황홀한 종말을
푸른 심포니의 종말과 같은
그러나 종말은 음악의 그것처럼
언제나 황홀하게 푸르지는 않았다
때로 그것은 가혹하리만치 하얗다

오늘 아침의 무빙처럼
혹은 떫다
지난해 네가 마신 독약처럼
내게는 한 방울도 남겨 놓지 않고 너 혼자 마셔 버린 독약

그래
난 필요한 사람이 아니었다
내 제비들에게도
내 양귀비들에게도
내 뱀들에게도
내 오리나무들에게도
심지어 내 불쌍한 무당벌레에게도
눈먼 정원사는 정원을 위해 있는 것이 아니었다
불쌍한 정원사를 위해 정원이 필요했을 뿐이다
나룻배는 강을 위하여 있는 것이 아니었다
가엾은 나룻배를 위하여 강이 필요했을 뿐이다

그래, 나는 알고 있다
누구를 위해서도
무엇을 위해서도 나는 필요한 존재가 아니다
세상의 그 누구도 내 지팡이를 필요로 하지 않듯이
그렇지만 나는
누군가를 위해 필요한 존재가 되기를 원했다
왜냐하면 그가 나에게 필요했기 때문이다
나는 그를 사랑했다
왜냐하면 그가 나에게 필요했기 때문이다
너, 율리아,
너를 잃어버린 나

달빛 속을 걷는
내 양귀비들의 발걸음은 참으로 가벼웠고
눈부신 하늘 속
내 제비들의 날갯짓은 참으로 귀여웠고
오리나무 그늘 속에서

내 무당벌레들의 거짓말은 참 재미있었다
그러나 이제
내 서랍 속에는
차가운 침묵만이 있을 뿐이다
들리는 것이라고는 오직
쥐들이 이빨을 갈아 대는 소리뿐

대답해 다오, 제발
대답해 다오, 율리아
내가 어쩌면 좋을지
지난밤 쥐들은
내 구두를 절반이나 갉아 먹었다
이제 그것들은 내 뼈를 갉아 먹겠지
그러나 나는
너를 잃어버린 나는
아무것도 할 일이 없구나
하얀 대지 위에 엎드려

붉은 피를 토하는 것밖에

그래 너는
왼손잡이였다
내 어머니처럼
그러나 나는 상관하지 않는다
네가 왼손잡이라서
내가 장님이 되는 한이 있어도
내가 왼손잡이가 아니라서
네가 벙어리가 되는 한이 있어도
대답해 다오
대답해 다오
우리가 학이 되어 버린다 해도……

이제 나의 새들은
일렁이고 있으리
어느 먼 바다 위를

한 번도 들어 본 적이 없는 바다
한 무리의 내 뱀들은
어느 성지를 향하고 있으리
한 번도 꿈꾸지 않았던 땅
그러나 나는 여기서
너를 부르고 있다
율리아
대답 없는 너를

Les Hirondelles dans mon tiroir

Ha ïl ji

# Les hirondelles dans mon tiroir

—à Serge

Un jour, les hirondelles ont niché dans mon tiroir,
Parce que, ce jour-là,
Une marche funèbre défilait dans le village.

Je plante des aulnes, des aulnes et des pavots aussi
Dans le tiroir de mon pupitre
Pour mes hirondelles égarées.

J'élève des coccinelles, des coccinelles et des
serpents aussi
Dans le jardin botanique de mon tiroir
Pour mes hirondelles gourmandes.

Je creuse des fossés, des fossés et des torrents aussi
Sur la terre des serpents de mon tiroir
Pour mes hirondelles bavardes.

Bien sûr, je mets une grande horloge

Au milieu de mon jardin

Pour que le soleil se lève.


Un jour, j'ai niché dans le tiroir de mes hirondelles,

Parce que, ce jour-là,

Une marche funèbre défilait dans le village.

# Sur la terre de mes serpents

— à Bernard Laurot

Sur la terre de mes serpents

Je recouds mes chaussures,

Parce que, sur la terre de mes serpents,

Je trouve que

J'ai encore des chemins à parcourir,

des chansons à écouter.


Le raffinement du silence,

La piété du carnage,

Le ravissement de la mélancolie,

Et la mélodie de la mort,

Sur la terre de mes serpents,

Je réécris mon testament.

## Une pensée sur le sac

Le facteur boiteux se couche

Dans son sac postal,

Le docteur aveugle se couche

Dans sa trousse,

Et le ménétrier sourd-muet se couche

Dans la housse de son violon.


Tout le monde a un sac

Pour se coucher dedans,

Parce qu'il n'y a personne qui soit vraiment droitier.


C'est vrai,

Dans certaines monarchies

Comme le Japon,

On se couche encore

Dans sa chaussure

Ou dans sa poche.

Mais, depuis la révolution,

Dans notre village,

C'est interdit.

Alors, tout le monde prépare son sac.


Mais moi,

Je n'ai pas de sac,

Parce que je ne suis ni boiteux ni aveugle ni sourd-

muet.

Alors, j'ai décidé de me coucher

Dans un tiroir avec mes hirondelles

Comme vous avez décidé de vous coucher

Dans un pot avec vos grenouilles

Et comme votre fille a décidé de se coucher

Dans une boîte d'allumettes.

# La classe d'histoire de mes hirondelles

Dans la classe d'histoire de mes hirondelles,
Toutes mes petites fument leur pipe
Comme toutes vos grenouilles se masturbent
Dans leur classe de mathématiques.
Alors leur institutrice m'a appelé.


Je suis d'accord, je suis d'accord,
Fumer la pipe en classe d'histoire n'est pas tellement
bon
Comme interdire aux vaches de pisser n'est pas
vachement raisonnable.
Mais, à mon avis,
L'histoire est trop dangereuse pour mes petites
Comme les maths sont trop sensuelles pour vos
grenouilles.
L'histoire alsacienne n'est pas pareille
À l'histoire strasbourgeoise,

Parce que l'histoire alsacienne n'est pas pareille

À l'histoire assyrienne,

Et que l'histoire assyrienne n'est pas pareille

À l'histoire du concile en Alaska.


Oh, pauvres petites!

Croyez-moi, je vous en prie!

L'histoire est simple,

Vachement simple.

Quand votre maîtresse vous pose des questions,

Pensez d'abord à l'hippodrome au lieu de fumer

votre pipes:

La route de l'hippodrome,

L'aulne de l'hippodrome,

Ce qui se passe à l'hippodrome:

Ce sont des histoires.

Il n'y a que l'histoire de l'hippodrome dans ce monde.

Cette après-midi aussi,

J'arpente fébrilement le trottoir en face de l'école,

Aussi nerveusement que

Vous frappez votre femme

Pendant le cours de maths de vos grenouilles.

# Les plaisirs charnels des fossés

Les fossés dans mon tiroir n'ont pas de patrie

Comme toutes les filles de vachers

Ne portent pas de culotte.

Alors, tous mes fossés savent jouir des plaisirs

charnels.

Ils violent la nuit,

La nuit accouche des poissons,

Les poissons violent un piano,

Le piano accouche d'avions.


Les plaisirs charnels de mes fossés sont chatouilleux

Comme la chanson des lombrics,

Des lombrics en chaleurs au mois de mai.

Alors, tous mes fossés tordent leur partie honteuse,

Eclatant de rire,

Un rire innocent,

Un rire chatouilleux.

Les plaisirs charnels de mes fossés sont flottants

Comme un hippodrome,

Un hippodrome qui coule dans le ciel.

Alors, tous mes fossés parcourent la nuit

Comme des vagabonds gais

La forêt, la ville, le port,

Même, jusqu'au champ de bataille du Nord.


Les plaisirs charnels de mes fossés sont mouillés

Comme un certain adieu blanc,

Un adieu qui laisse s'envoler

Mille mille oiseaux dans le ciel rouge.

Alors, mes chers fossés mouillent la nuit, les

poissons, le piano, les avions,

Et les pieds de Julia,

Jusqu'à mon oreiller.

Les fossés dans mon tiroir savent jouir des plaisirs charnels.

Alors, chaque nuit,

Ils se font violer

Par la forêt, par les poissons, par le piano, par les avions

Comme j'ai été violé

Par mes serpents.

# Si j'appelle quelqu'un dans l'obscurité

Si j'appelle quelqu'un dans l'obscurité,
Je deviens tout de suite une canne blanche
Qui tapote sans cesse le sol mouillé.

Si j'appelle quelque chose dans l'obscurité,
Comme mes hirondelles, mes pavots ou mes
serpents······
Je deviens immédiatement un tiroir vide.

L'autre jour,
Je suis devenu autre chose,
Tantôt un piano, tantôt un poisson et tantôt un
parapluie.
Mais je ne sais pas depuis quand,
Je deviens toujours une canne blanche ou un tiroir
vide.

Maintenant,

Personne ne m'appelle dans l'obscurité.

Si quelqu'un m'appelle dans l'obscurité,

Il deviendra tout d'un coup une barque cassée.


Quand même,

De temps en temps,

Il y a quelqu'un qui frappe à ma fenêtre dans

l'obscurité.

Mais je ne l'ouvre pas,

Parce que, si je l'ouvre dans l'obscurité,

Celui qui frappe à ma fenêtre deviendra tout de

suite

Une branche agitée par le vent,

Alors que moi, je deviendrai une girouette.


Je pense que,

Si vous appelez quelqu'un ou quelque chose dans
l'obscurité,
Vous aussi deviendrez quelque chose d'autre.
Mais je n'ose pas deviner quoi,
Parce que je connais la pudeur.


J'ai l'habitude d'appeler quelqu'un ou quelque chose
dans l'obscurité.
Alors, chaque matin,
On trouve toujours sur mon lit
Une canne blanche ou un tiroir vide.

# Quand j'ai été un tire-bouchon

Quand j'étais un tire-bouchon,

Je pouvais tout ouvrir

Tout, tout, tout:

La nuit,

Le piano,

La mer,

Les yeux du prêtre aveugle,

Même les bouteilles,

Les bouteilles de la mort.

Mais je ne peux plus être un tire-bouchon,

Parce que j'ai ouvert trop de choses.


Quand j'étais une boîte d'allumettes,

Je pouvais tout y enfermer

Tout, tout, tout:

Les poissons,

Le parapluie,

Le ciel,

Le facteur boiteux,

Même les filles de vachers,

Les filles qui ne portent pas de culotte.

Mais je ne peux plus être une boîte d'allumettes,

Parce que j'ai enfermé trop de choses.


Quand j'étais un avion,

J'ai pu être enfermé

Par tout, tout, tout:

Par la canne blanche,

Par la tuberculose,

Par l'ombre des aulnes,

Par les chaussures débauchées,

Même par les yeux des poissons,

Les poissons qui mentent sans cesse.

Mais je ne peux plus être pour toujours un avion,

Parce que j'ai été enfermé par trop de choses.

Maintenant,

Comme vous le savez déjà,

Puisque je suis un simple jardinier aveugle,

Chaque jour,

Je n'ouvre et ne ferme que mon tiroir.

## La tentation de mes pavots

S'il fait un merveilleux clair de lune

Sur le jardin de mon tiroir,

Tous mes pavots marchent nu-pieds

Et deviennent les Julias.

Peut-être,

À cette heure-ci,

L'hippodrome flottera

À un certain endroit pas tellement loin.


Julia!

Si je les appelle,

Toutes mes Julias fuient vers le fossé,

Eclatant de rires gais,

Et commencent à tenter mes fossés:

Elles se lavent les mains, le visage, les pieds,

Jusqu'aux jambes en se retroussant.

Sans doute,

À cette heure-ci,

L'hippodrome s'approchera

Jusqu'à l'entrée du village.


Julia!

Je cours vers le fossé

Pour relever les images de Julia

Qui se reflètent dans l'eau.

Mais, toutes mes Julias s'enfuient vers la forêt

Comme des biches effrayées.

Et ce que je relève chaque fois dans l'eau

N'est qu'une poignée de clair de lune.


Soudain, à l'aube,

Mes Julias se glissent dans mon lit,

Dans la literie de mon rêve,

Et chuchotent à mon oreille:

"L'hippodrome est là!"

Oui,

À cette heure-ci,

L'hippodrome doit être en train de m'attendre
derrière la porte

Comme une mission diplomatique venue de loin.

## Dans l'ombre de l'aulne

Dans l'ombre de l'aulne,

Je pense à un mensonge,

Un vrai mensonge,

Parce que toutes mes hirondelles,

Toutes mes coccinelles,

Et tous mes serpents mentent,

Vraiment mentent,

Dans l'ombre de l'aulne.


Mes hirondelles me disent,

Du carrefour à l'hippodrome, il faut marcher sept

cent quatre-vingt-deux pas vers l'ouest, et cinq cent

soixante-cinq pas vers le nord, et puis, neuf cent

vingt-trois pas vers l'ouest······

—Oh-la-la!

Alors, mes coccinelles grommèlent,

Tous les éleveurs, tous les dresseurs de chevaux

et tous les cavaliers de l'hippodrome sont chauves
comme le gland mauve de l'acupuncteur.

— Ah! Mon Dieu!

Enfin, mes serpents murmurent,

Les arbres de l'hippodrome parcourent toute la nuit
la ville à la recherche d'une poissonnerie.

— Quel mensonge!


Toutes les rumeurs sur l'hippodrome sont de
simples rumeurs.

L'hippodrome n'existe pas.


Quand même, je dois penser à un mensonge,

Un vrai mensonge,

Parce que je suis dans l'ombre de l'aulne.

Mais, comme vous le savez,

Pour un honnête poète comme moi,

Il est impossible de mentir comme eux.

# Les hirondelles de ma grand-mère

Les hirondelles de ma grand-mère ne sont pas
pareilles

À mes hirondelles

Ni aux hirondelles de mes serpents.

Elles nichent

Dans la cheminée,

Dans l'horloge,

Et dans le piano,

Même dans un vieux violon.

Alors, elles sont mal élevées,

Comme les lombrics au mois de mai,

Comme les coquillages saouls de Russie.

Chaque fois que l'horloge sonne,

Toutes les hirondelles s'envolent

De la cheminée,

De l'horloge,

Du piano,

Même du vieux violon,

En gazouillant comme le taillis qui brûle,

Comme des canards jaloux.


Habiter avec tant d'hirondelles mal élevées n'est pas
tellement bon,

Comme se marier avec une gauchère n'est pas
tellement heureux.

Mais chacun a son hippodrome

Comme chacun tient sa canne blanche à la main.


Alors, un jour,

J'ai dit à ma grand-mère:

"Pourquoi tu n'ouvres pas les tiroirs de ton armoire

Pour que tes hirondelles nichent dedans?"

Mais elle m'a seulement souri

Sans me répondre

Sur la vieille photo jaunie.

## La fille de mes pavots

On ne sait pas
Depuis quand,
Sous la jupe de la fille,
La fille de mes pavots,
Habite un hérisson.
Un habitant impoli.

On ne sait pas
Ce que c'est,
La fille de mes pavots,
Elle possède un secret,
Un secret au coeur,
Un secret honteux.

On ne sait pas
Pourquoi,
La fille de mes pavots,

Elle perd la parole.

Même la parole bonjour,

Même la parole ça va.


On ne sait pas

Pour aller où,

La fille de mes pavots,

Elle prépare une valise.

Mes pavots sont tristes.

Moi aussi, je m'inquiète.

## L'amour de mon serpent

Si vous m'aimez,

Je vous donnerai ma collection de papillons,

Des papillons que j'ai attrapés sur la tombe de ma

mère.


Si vous m'aimez,

Je vous donnerai mon accordéon,

L'accordéon que mon père m'a laissé.


Si vous m'aimez,

Je vous donnerai aussi mes crayons pastel,

Les crayons que j'ai achetés à la papetière muette.


Oh! Si vous m'aimez, Mademoiselle,

Je vous donnerai tout ce que j'ai,

Tout ce que j'aurai.


Si vous m'aimez,

Je vous donnerai chaque soir au restaurant
universitaire Gallia de Strasbourg
La plus grande pomme de terre de mon assiette
Et la moitié la plus mûre de ma poire.


Si vous m'aimez, oh! Chère demoiselle,
Je vous laisserai vous coucher sur mon matelas de
paille,
Et avant l'aube,
J'aurai compté toutes les étoiles.


Si vous m'aimez,
Je vous donnerai tout ce que j'ai,
Tout ce que j'aurai.
Même si vous ne m'aimez pas,
Je vous donnerai tout ce que j'ai,
Tout ce que j'aurai.

## Le souci de mes coccinelles

Sous la lune bleue,

Toutes mes coccinelles s'inquiètent

De leur frère aveugle

Qui est entré dans la montagne,

L'an dernier,

Pour devenir moine bouddhiste.


Le sentier s'allongera pour toujours

Devant le petit moine.

Alors, il doit marcher sans cesse

En prenant son sentier sur ses épaules

Comme nous, nous devons rentrer

En emportant notre propre cadavre sur nos épaules.


Quand les pavots se promènent

Au clair de lune,

Quand les lombrics chantent une élégie,

Toutes mes coccinelles se souviennent

D'un sourire pâle

Et de l'adieu bleu de leur frère.


La joie existe dans le souvenir,

Le chagrin existe au fond du coeur.

Les avions s'envolent dans les yeux des poissons,

L'aéroport se promène dans la forêt brumeuse.


Sous la lune bleue,

Toutes mes coccinelles deviennent des cailloux,

Des cailloux qui s'inquiètent,

Mouillés par le clair de lune bleu,

Comme un piano

Qui attend le train

Sous la pluie.

## La débauche de mes chaussures

Pendant mon sommeil,

Mes aulnes mettent mes chaussures

Sans ma permission,

Pour aller à la poissonnerie, peut-être.

Dans ce cas-là,

Si mes chaussures me sont vraiment fidèles,

Il faut qu'elles refusent les aulnes.

Mais elles ne les refusent pas.

Elles parcourent toute la nuit avec ces vauriens.


Il est peu de chaussures qui soient vraiment vierges.

D'ailleurs, j'ai pris ces chaussures de mon ami russe,

Mark Shatunovsky

Qui s'est suicidé l'an dernier d'un coup de revolver.

Quand même,

Puisqu'elles sont à moi maintenant,

Je pense

Qu'elles doivent me rester fidèles.


Pendant mon sommeil,

Mes serpents se couchent dans mes chaussures

Sans ma permission,

Pour jouir de la chaleur de mes chaussures, peut-être.

Dans ce cas-là,

Si mes chaussures me sont vraiment fidèles,

Il faut qu'elles refusent les serpents.

Mais, elles ne les refusent pas.

Elles acceptent toutes les demandes de ces

érotomanes.


Il est peu de personnes qui puissent croire leurs

chaussures,

Surtout, si ce sont des chaussures russes.

Mark a senti aussi une douleur mortelle,

Je suppose,

À cause de la débauche de mes chaussures.

Alors, moi,

J'ai décidé de me coucher

En laçant fermement mes chaussures.


Pendant mon sommeil,

Mes chaussures quittent mes pieds

Pour sortir.

Alors, chaque nuit,

Je descends nu-pieds dans la rue brumeuse.

Mais, nulle part,

Je ne peux retrouver mes chaussures.

Je n'entends vaguement que leurs rires,

Des rires séduisants.

Quand je me réveille,

Mes chaussures embrassent mes pieds.

Mais elles ne peuvent me tromper,

Parce qu'à cette heure-ci,

Elles sont mouillées.

Et à cette heure-ci,

Je pense à la douleur de Mark,

Ainsi qu'à notre destin.

## L'ombre de l'avion

Pendant qu'un grand avion survole

Le jardin de mon tiroir,

Dans l'ombre de l'avion,

Tous mes animaux ailés deviennent des chapeaux

qui tombent,

Tous mes animaux rampants deviennent des gants

qui nagent,

Tous mes végétaux deviennent des cravates qui

s'envolent,

Et moi, je deviens un tire-bouchon.


L'ombre de l'avion est nuisible

Au développement de mes animaux,

À la croissance de mes végétaux,

Et à ma santé aussi

Comme l'odeur de pisse du hérisson rouge est

nocive

Au développement de la sensibilité de vos
grenouilles.

Le survol du jardin de mon tiroir
Est en principe interdit.
Mais s'il y a une marche funèbre dans le village,
Les avions détournent leur chemin
Et survolent mon pauvre jardin,
D'un vol en rase-mottes,
Projetant leur grande ombre imbécile.

Alors, j'ai décidé d'élever des poissons
Pour que les avions s'envolent dans leurs yeux.
Et après,
Lorsqu'il y a une marche funèbre dans le village,
Les avions s'envolent dans les yeux des poissons.
Comme de sages têtards.

# Le mensonge des poissons

Le mensonge des poissons est rouge,

Aussi rouge que le caca de mes coccinelles.


Chaque fois que mes coccinelles font caca,

Tous les poissons mentent.

Alors, la mer est rouge.


Mentez-moi, s'il vous plaît,

D'un mensonge rouge,

Vraiment rouge,

Plus rouge qu'un cul de singe,

Plus rouge qu'une menstruation d'ange.


Oh! Mentez-moi,

Mes chers poissons,

D'un mensonge impitoyable

Tel le viol,

Un viol sur l'Himalaya,

Un viol comme une rhapsodie toute rouge.


Puisque le mensonge des poissons est rouge,

Chaque fois qu'ils mentent,

Je tente de me suicider,

Un suicide d'un coup de revolver,

Un suicide parfaitement rouge.

## La raison pour laquelle je soupçonne mes aulnes

Chaque nuit,

En pleine nuit,

Tous mes aulnes se lèvent sans bruit

Et enfilent leur manteau noir.

Ils marchent avec prudence sur mon chevet

Et sortent un par un.

Mais pour aller où?

On ne le sait pas.


À cette heure-ci,

La poissonnerie est déjà fermée.

La vitrine de la papetière muette doit s'éteindre.

La fenêtre de la chambre de Julia aussi.

Seul le vieil employé des pompes funèbres espère

encore un client

Sommeillant dans son grand fauteuil

Sous la lumière bleue.

Cependant, chaque nuit,

Mes aulnes sortent

Sans me prévenir.


Il se peut qu'ils veuillent aller jusqu'à l'hippodrome.

Mais, ce n'est pas possible d'y aller de nuit,

Parce que, dans le village, la nuit est trop sombre,

La plus sombre du pays,

La plus sombre du monde.

Sombre comme sous la mer,

Sombre comme la mort.


Pendant l'absence de mes aulnes,

Je ne peux m'endormir.

À cette heure-ci,

La poissonnerie est déjà fermée.

L'hippodrome est trop loin pour y aller cette nuit.

Cependant, chaque nuit,

Mes aulnes sortent

Comme des enfants maltraités par leur marâtre,

Ou bien, comme des somnambules.


Au point du jour,

À l'aube bleue,

J'entends vaguement un voix dans mon sommeil.

Et voilà mes aulnes qui rentrent.

Ils entrent un par un,

Sans me dire d'où ils reviennent.

Mais je ne le demande pas,

Je ne le demanderai pas.

# La coccinelle de votre fille

Madame, Monsieur,

Je me permets de vous dire que

La coccinelle de votre fille

N'est pas une coccinelle,

Parce qu'elle est trop coccinelle.


Quand j'ai rencontré Mademoiselle Julia Tarasov,

L'an dernier à Mano Cavina,

Et lorsqu'elle a ouvert son tiroir sous mes yeux,

J'ai été ravi en voyant une coccinelle parfaite:

Assez coquette, assez orgueilleuse,

Et en même temps, assez timide, assez peureuse,

Comme la coccinelle du facteur boiteux,

Comme la coccinelle du prêtre aveugle.


J'aimais vraiment la coccinelle de votre fille,

Et j'ai rêvé si longtemps de l'adopter

Pour mes coccinelles,

Pour les coccinelles de mes serpents,

Mais bien sûr,

Pour la coccinelle de votre fille aussi

Qui semble si solitaire.


Je plantais encore des aulnes, des aulnes, et des

pavots aussi

En attendant une coccinelle si orgueilleuse.

Et j'ai fait un abri profond

Dans l'ombre des pavots

Pour une coccinelle si timide.

Et j'ai donné à votre fille tout ce que j'ai

Pour solliciter sa coccinelle ravissante :

Mes crayons pastel, ma collection de papillons, et

mon accordéon aussi.

Chère Madame, cher Monsieur Tarasov,

Permettez-moi de vous dire que

La coccinelle de votre fille,

Votre fille, Mademoiselle Julia,

N'est pas une coccinelle,

Parce qu'elle est trop coccinelle:

Trop coquette, trop orgueilleuse,

Et en même temps, trop timide, trop peureuse,

Pour l'adopter au jardin botanique de mes serpents.


Toutes mes coccinelles

Et toutes les coccinelles de mes serpents

Ne pourront pas oublier

Une coccinelle si coquette.

Mais nous essayerons de l'oublier.

Parce qu'elle est une coccinelle trop coccinelle.

# Les souris dans l'horloge

Si j'ose dire, la souris n'est pas un animal assez cultivé, surtout, les souris qui s'installent dans mon horloge: elles se désintéressent de l'hippodrome tout comme les fils naturels ne portent jamais de préservatifs. Alors, chaque nuit, elles se reproduisent.

J'aurais honte de vous dire leur fécondité éhontée. Je voudrais simplement vous dire combien nous souffrons de leur vie dissolue.

Chaque nuit, en pleine nuit, elles poussent des cris bizarres: on peut dire que ce sont plutôt des cris d'angoisse. Surprises, toutes mes hirondelles se réveillent battant des ailes, mes coccinelles ferment leurs oreilles pour ne pas les entendre, et mes serpents ouvrent le Coran, feignant de ne rien entendre. Et moi, à cette heure-ci, je me rappelle le testament de mon père: "trop de souris, trop de soucis."

T'as raison, papa. Et je sais bien que, pour les chasser, il me faut un chat. Mais, comme tu le sais, mon tiroir est bien trop petit pour l'élever.

# Sur la colline dans mon tiroir

—à Kerry Shawn Keys

Sur la colline, dans mon tiroir,

Je laisse s'envoler tout ce que je possède:

Ma collection de papillons,

Mon accordéon,

Mes crayons pastel,

Et ma canne blanche aussi.

Parce qu'il fait du vent

Sur la colline, dans mon tiroir.


C'est vrai,

L'an dernier,

J'ai pu laisser s'envoler plus de choses

Sur la colline venteuse:

Mes avions,

Mon piano,

Mes poissons,

Et mon fauteuil vermillon aussi.

Mais, cette année,

Je ne peux pas en laisser s'envoler tellement,

Parce que, cette année,

Je ne peux plus en posséder tellement

Dans mon petit tiroir.

Alors, je demande pardon au vent

De ne pas laisser s'envoler

Assez de choses.


Sur la colline, dans mon tiroir,

Je pense à ce que mon père a laissé s'envoler

Sur sa colline venteuse.

Peut-être,

À cette époque là,

On laissait s'envoler plus qu'aujourd'hui.

Parce qu'à cette époque-là,

On moissonnait plus de champs qu'aujourd'hui.

Cette année aussi,

Après avoir tout laisser s'envoler,

Je rentre tard

En n'emportant sur mes épaules que mon propre

cadavre.

Quand je suis arrivé au village,

La nuit est tombée jusqu'à mes genoux,

Et les chiens noirs ont aboyé

Vers moi ou vers mon cadavre.

# Au soir venteux

— pour Anthony

Au soir venteux,

Ma grand-mère se couche dans mon tiroir

Avec mes hirondelles,

Parce qu'au soir venteux,

Mes hirondelles ont la fièvre;

Moi aussi, j'ai la fièvre,

Une fièvre bleue,

Une fièvre en spirale.


Au soir venteux,

Tous mes aulnes sanglotent,

Tous mes pavots avortent,

Tous mes serpents se souviennent de l'hippodrome,

Sur le sol froid,

L'hippodrome flottant dans l'air

Comme l'histoire du concile en Alaska,

Et ma petite hirondelle tousse toute la nuit.

Personne ne se met en route

Au soir venteux;

Seul un maigre étranger

Qui s'abrite sous un porche

Joue une mélodie étrangère

Avec son vieil accordéon.


Longtemps après le sifflement du train de nuit

Qui part vers la Sibérie,

Le vent tombe peu à peu,

La toux de ma petite

S'arrête peu à peu,

Et le jour se lève lentement

Sur mon jardin botanique.

Mais, nulle part dans mon tiroir,

Je ne retrouve ma grand-mère

Venue hier soir se coucher avec mes hirondelles.

Parce qu'il y a déjà vingt ans

Qu'elle m'a quitté.

## La mendicité de mon aulne

Une nuit que je rentrais tard, quelqu'un dans les
ténèbres froides attrapa l'ourlet de mon pantalon et
me dit: "S'il vous plaît, Monsieur, Pitié!" J'ai pensé
que c'était certainement un des lépreux qui sont
passés récemment dans le village. Alors, j'ai donné un
coup de pied en criant: "Laisse-moi!" Mais celui-ci
dans les ténèbres ne m'a pas laissé partir, continuant:
"Un sou pour manger, s'il vous plaît!" Alors, surpris
de reconnaître une voix familière, je l'ai tiré vers la
lumière afin de mieux voir son visage, et j'ai crié: "Oh,
mon Dieu!" C'était un de mes aulnes! Il m'a regardé
avec étonnement. Peut-être qu'effrayé, il voulut
se sauver. Mais l'ayant agrippé par la branche, j'ai
grondé vertement: "N'as tu pas honte?" Il ne m'a rien
répondu.

# Dans une touffe d'ortie

Avant que je n'arrive dans une touffe d'ortie,

Je ne me savais pas aveugle.

Dans une touffe d'ortie,

J'ai reconnu pour la première fois que

J'étais un parfait aveugle.


Un jour, en plein jour,

Au jour éblouissant,

Parce que, ce jour-là,

La papetière muette est devenue cigogne,

Je suis entré dans une touffe d'ortie

Du jardin de mon tiroir.

Or, à ce moment-là,

Toutes les orties m'ont dit:

"Mais vous êtes aveugle, Monsieur!"

Dès lors

Je ne vis plus,

Ni mes aulnes, ni mes pavots.

Dans la touffe d'ortie,

Les jardiniers deviennent tous aveugles

De même que les facteurs deviennent tous boiteux

Dans leur sac postal.

Bien sûr,

Parfois on devient une autre chose

Dans la touffe d'ortie:

Par exemple, un poisson, un serpent, voire un

aspirateur······

Mais, moi,

Puisque je suis jardinier,

Je suis simplement devenu aveugle.

Avant que je ne sois sorti d'une touffe d'ortie,

Je ne me savais pas sourd.

Un jour, en plein jour,

Au jour éblouissant,

Parce que, ce jour-là,

La papetière muette s'en est allée

Je suis sorti de la touffe d'ortie,

En tâtonnant avec ma canne blanche.

A ce moment-là,

Toutes les orties m'ont dit:

"Mais vous êtes sourd, Monsieur!"

Dès lors, je n'entendis plus,

Ni mes hirondelles, ni mes serpents.

# Dans une brume nocturne

Une nuit brumeuse, je me suis égaré dans le jardin botanique de mon tiroir. J'ai erré plusieurs heures dans le noir, quand soudain, j'entendis dans les ténèbres froides un soupir voilé. À ma grande surprise, j'ai prêté l'oreille. Après quelques dizaines de secondes, je parvins à distinguer une lamentation: "À cause de lui······ à cause de lui······" C'était la voix d'une de mes coccinelles sanglotant quelque part dans la brume bleue. Oh! Ma pauvre petite! Alors, une autre voix frappa mon oreille: "Moi aussi, je le hais comme la peste!" C'était un de mes aulnes qui hurlait d'une voix tremblante de colère. Alors, je n'ai pu éviter de tendre l'oreille pour découvrir qui faisait souffrir ma petite coccinelle et mon aulne innocent. La troisième voix, la voix d'un de mes pavots, disait: "Nous ne sommes que des êtres sacrifiés par la vanité grossière du jardinier aveugle. Pour satisfaire son violon d'Ingres, il nous a enfermés dans ce tiroir si étroit!" Une de mes hirondelles même a crié: "C'est un fils de chien! Ce jour-là, au cours d'une marche funèbre dans le village, il a ouvert le tiroir afin que, nous, les hirondelles, nous nous perdions." En écoutant leurs paroles, je n'en crus pas mes oreilles. "Il faut le tuer! Il faut le tuer!" murmura un de mes aulnes. "Mais comment?" demanda une de mes coccinelles. À ce moment-là, un de mes pavots dit d'une voix menaçante: "Et vous, serpents, êtes-vous contents dans ce petit tiroir? Sinon, pourquoi, avec votre venin mortel, ne mordez-vous pas sa sale cuisse?" Un de mes serpents intervint: "Nous aussi, nous attendons la bonne occasion." En entendant leur discussion, je suis tombé par terre comme un hippodrome, parce que mes jambes ne soutenaient plus le poids de mon corps. Espérant plutôt que mes chers serpents me mordent, je me suis jeté sur le sol froid et mouillé. Dans la brume nocturne du jardin botanique de mon tiroir, je me suis mis à sangloter.

# L'Automne dans mon tiroir

En automne dans mon tiroir,

L'horloge, souvent,

Tombe en panne,

Parce que, toute la nuit,

Les souris rongent sa spirale.

Alors, le soleil ne se lève pas régulièrement.


En automne dans mon tiroir,

Mes hirondelles entrent et sortent fréquemment

Pour demander l'heure.

Et mes coccinelles sanglotent

Dans les feuilles de mes pavots

Qui sont atteints d'une tuberculose blanche.


Seuls mes serpents sont toujours calmes

Sur le sol froid,

Puisqu'ils connaissent déjà l'heure,

En lisant la géothermie,

L'heure de départ

Pour un long long pèlerinage.


En automne dans mon tiroir,

Un mendiant lépreux chante

Une chanson étrange

Et les souris rongeront toute la nuit

Mes chaussures.

Et j'appellerai Julia.

## L'excuse

Je vous parle de l'hippodrome,
Parce qu'il y a l'hippodrome.
Je vous parle de l'hippodrome,
Parce qu'il n'y a pas d'hippodrome.

Je m'excuse d'ouvrir mon tiroir,
Je m'excuse de fermer mon tiroir.
Je m'excuse d'entrer dans mon tiroir,
Je m'excuse de sortir de mon tiroir.

Aimer quelque chose,
Haïr quelque chose.
Je m'excuse de planter des aulnes,
Je m'excuse de planter des horloges.

Excusez mes hirondelles de nicher dans mon tiroir,
Excusez-moi de nicher dans le tiroir de mes hirondelles.

Pardonnez mes coccinelles,

Pardonnez la coccinelle de mademoiselle Julia

Tarasov.


Ouvrir le tiroir c'est fermer le tiroir.

Nicher dans le tiroir c'est ouvrir le tiroir.

Fermer le tiroir c'est nicher dans le tiroir.

Fermer le tiroir c'est élever des coccinelles.


Pardonnez-moi,

Pardonnez mes serpents.

Pardonnez-moi,

Pardonnez mon tiroir.


Elever un hippodrome c'est planter des hirondelles.

Je m'excuse d'aimer mes serpents.

Je m'excuse de parler de l'hippodrome.

Elever un serpent c'est haïr une coccinelle.

Je m'excuse de m'excuser

Je m'excuse de ne pas m'excuser

Je m'excuse de vous excuser

Je m'excuse de ne pas vous excuser

Pardonnez-moi,

Pardonnez-moi,

Pardonnez-vous,

Pardonnez-vous.

# Si mes serpents me mordent

Si mes serpents me mordent
Avec leur venin mortel,
Je ne pourrai plus me moquer
Ni de la calvitie du prêtre aveugle
Ni des talons du facteur boiteux
Ni des tétons vaches de la maîtresse d'histoire
de mes hirondelles.

Si mes serpents me mordent
Avec leur venin réputé,
Les orties qui poussent dans le jardin de mon tiroir
Et les souris qui se reproduisent sans cesse dans
l'horloge
Ne seront plus mon sujet d'inquiétude.
Je ne craindrai plus que
Mes serpents me mordent.

Si mes chers serpents me piquent,

Leur venin bleu se répandra de suite

Dans tout mon corps

Comme les ruisseaux corrodent le piano.

Une bande de corbeaux viendra

Et recouvrira mon cadavre bleu

Pour picoter mes globes oculaires.


Quand même,

Ma vie est belle

Parce qu'après ma mort,

Je pourrai faire manger les corbeaux à leur faim

Avec ma viande putréfiée,

Et le piano laissera comme héritage

Un poisson pour les avions orphelins.


Oh, mes serpents de haut lignage!

Une fois que vous m'aurez mordu le cou,

L'hippodrome descendra lentement sur moi

Et je pourrai revoir Julia

Sur l'arc-en-ciel dans la mer

Comme l'Altaïr retrouve la Véga

Sur le pont des corbeaux.

# Un après-midi dans une jarre

Je passe parfois mes après-midi dans une jarre,

Parce qu'il y a longtemps,

Mon père m'a dit,

Le ciel est rond dans la jarre.


L'après-midi dans une jarre est plutôt en spirale,

Comme ma fièvre bleue,

Comme la chanson de mes serpents,

Et comme la descente d'une bière dans la mer,

La bière de Julia.


Or, un après-midi dans une jarre,

Un pèlerin boiteux est venu

Demander sa route.

Alors, j'ai marché avec lui jusqu'à la gare

Dans un silence bleu,

Dans un silence en spirale.

Et nous avons pris le train noir.


Des jours, des jours,

Des mois, des mois ont passé.

Et nous sommes passés par des villes, des villes,

Des pays, des pays,

Même des lieux saints aussi

Dans un silence transparent.


Or, un après-midi rond,

Je m'en suis aperçu tout d'un coup:

Le pèlerin boiteux était mon propre père.

À ma grande surprise, j'ai crié:

"Papa!"

À ce moment-là,

Mes hirondelles se sont toutes envolées en même

temps

Avec des gazouillements étourdissants

Sur le ciel rond de la jarre.

# La tuberculose de mon pavot

La tuberculose de mon pavot est blanche

Comme la mort de Julia

Qui s'est empoisonnée

L'an dernier à Mano Cavina.

Alors, mon petit pavot sourit,

D'un sourire pâle.


La tuberculose de mon pavot est honnête

Comme la chanson de mes serpents.

Elle est acide comme les avions

Qui s'envolent dans les yeux des poissons.

Elle est ravissante comme la concupiscence des

papillons,

Des papillons que j'ai collectionnés

À la tombe de ma mère.


Mon pavot ne se promène plus

Au clair de lune,

Parce que son sourire est si pâle, si honnête, si acide

et si ravissant.

Bien qu'il s'assoie au piano,

Il ne joue pas de valse.

Même dans l'ombre de l'aulne,

Il n'invente plus ces mensonges si amusants.


La vie était longue,

Parce que mon tiroir est petit.

La vie était courte,

Parce que mon jardin est beau.


Demain matin,

Au petit matin,

Mon petit pavot prendra le bateau à voile,

D'une voile blanche, évidemment,

Pour être enfermé sur une île

Comme la bière de Julia

Qui coulait dans la mer,

Dans les profondeurs abyssales,

Vers le cimetière sous la mer.

# Le petit déjeuner de mes serpents

À la table du petit déjeuner de mes serpents,

Tout le monde est silencieux,

Comme s'ils venaient de rentrer d'une veillée

funèbre.

Silencieux,

Parce qu'ils sentent déjà que le sol se refroidit.

Un silence bleu,

Un silence comme l'histoire de l'hippodrome.


Comme vous prenez la température de votre

grenouille,

Avec votre thermomètre en verre,

Comme le prêtre aveugle cherche son chemin

En écoutant les sanglots des lombrics,

Tous mes serpents pressentent,

En lisant la géothermie,

Un matin si dévot,

Un matin où ils doivent me quitter.

L'amour est court,

Le regret est long.

La barque est petite,

La chanson du passeur est longue.

À l'aube bleue,

Sur la table du petit déjeuner de mes serpents,

On met aussi un journal blanc.

Mais personne ne l'ouvre,

Parce qu'on a déjà entendu

La nouvelle de la défaite,

La défaite au champ de bataille du nord.

# Une saison dans un tiroir

Quand j'ai plié mon ciel

Pour m'installer dans un tiroir,

Un colporteur lépreux appelait les villageois

Pour vendre ses linceuls,

Et le train venant du Nord était toujours complet,

Occupé par les blessés de guerre.

Les papillons bleus rongeaient

Des échappements rouillés,

Les enfants muets de la papetière muette

Mangeaient des lombrics.


Une saison dans mon tiroir,

Je voulus cultiver un arbre,

Un arbre de pressentiments

Dont les branches pressentent une vague d'oiseaux

Flottant dans un ciel pur,

Dont les feuilles pressentent une mer de secrets,

Et dont les racines prévoient le long trajet des
pèlerins.

Mais les aulnes que j'avais plantés dans mon tiroir

Pensaient toujours à la poissonnerie

Comme tous les arbres de l'hippodrome.


Parfois, je pouvais oublier le champ de bataille

En écoutant le bavardage de mes hirondelles.

Tantôt je devins girouette

Pour ouvrir la fenêtre,

Tantôt je devins canne blanche

Pour jeter des racines sur la terre froide.

Mais, à chaque fois, je suis redevenu tire-bouchon,

Parce que sans cesse les grands avions nous
survolaient,

Mon tiroir et moi,

En jetant leur grande ombre qui aggrave ma fièvre

bleue.

Le temps est plutôt une série de poussières bleues,

Parce qu'il est fils du vent.

Alors, une saison dans mon tiroir,

Je toussais à cause de ma pneumonie bleue.

Inévitable

Que tous les facteurs boitent,

Que les arbres dans le monde pensent à la

poissonnerie,

Que tous les avions me survolent.

Il est inévitable aussi que je rêve d'un suicide,

Un suicide d'un coup de revolver.

# Dis-moi, Julia

—à Julia

Dis-moi, Julia,

Qu'est-ce que je dois faire?

Toutes mes hirondelles m'ont quitté,

Tous mes pavots ont fané

Et tous mes serpents sont déjà partis

Pour un long long pèlerinage.

Et toi,

Tu es maintenant dans le cimetière,

Le cimetière sous la mer.

Dis-moi, Julia,

Ce que je peux faire maintenant.


Ce matin,

Quand je me suis réveillé,

Le monde était blanc à cause du givre.

Mon jardin était complètement glacé:

Les branches de mes aulnes,

Les feuilles de mes pavots,

Le nid de mes hirondelles,

Même l'horloge était enveloppée

Par les glaces épaisses.

Mon tiroir était plutôt

Un cimetière de glace.


Le nid de mes hirondelles est maintenant vide,

Entièrement vide,

Le lieu de repos de mes serpents aussi est vide.

Tout le monde m'a quitté

Sans même un adieu;

Seul un lombric se tortille

Sur le sol froid.

En m'accroupissant sur la glace,

Sur une terre de mort,

J'ai une quinte de toux

Et crache du sang.


Mes aulnes ne sortent plus,

Parce que leurs racines sont déjà mortes du froid

glacial.

Et mes pauvres coccinelles ont disparu,

Laissant seulement leur peau sèche

Sur les feuilles en verre de mes pavots.

Mon horloge qui est complètement déréglée

Est perdue dans une longue méditation bleue,

Dans la brume glaciale;

Mon tiroir n'est qu'un charnier maintenant.

Seules les souris vont et viennent en toute hâte,

En quête de quelque chose à ronger.


Un été dans un tiroir n'était pas un été forcément

différent,

Tout comme un jour dans une boîte d'allumettes

n'était pas un jour spécial.

Un été pourtant

J'y ai survécu grâce à ma famille:

Mes hirondelles, mes pavots, mes serpents, mes

aulnes, et mes petites coccinelles.

Mais, maintenant,

Tout est fini,

Je suis avec rien.

Et toi,

Tu es maintenant dans une tombe,

Une tombe sous la mer.


J'avais déjà le pressentiment d'une fin,

La fin ravissante de ma vie dans mon tiroir

Comme la fin d'une symphonie bleue.

Mais la fin n'était pas toujours d'un bleu ravissant

Comme celle de la musique.

Elle était parfois d'un blanc impitoyable

Comme le givre de ce matin.

Ou plutôt amère

Comme le poison

Que tu as bu l'an dernier

Sans même m'en laisser une goutte.


C'est vrai,

Je n'étais pas un homme nécessaire

Ni pour mes hirondelles

Ni pour mes pavots

Ni pour mes serpents

Ni pour mes aulnes

Ni même pour mes petites coccinelles.

Le jardinier aveugle n'est pas nécessaire pour le
jardin,

Alors que le jardin est nécessaire pour le pauvre
aveugle;

De même, la barque n'est pas nécessaire pour la
rivière,

Mais la rivière est nécessaire pour la pauvre barque.


Oui, je sais bien,

Je n'étais nécessaire pour personne,

Pour rien,

Tout comme personne n'a besoin de ma canne
blanche.

Quand même,

J'aurais voulu être nécessaire pour le monde,

Parce qu'il avait été nécessaire pour moi.

Je l'aimais,

Parce qu'il avait été nécessaire pour moi,

Moi

Qui n'ai pas toi, Julia.


L'allure de mes pavots avait été si légère

Sous la lune,

Le mouvement des ailes de mes hirondelles avait été

si aimable

Dans le ciel éblouissant,

Et les mensonges de mes petites coccinelles si

amusants

Dans l'ombre de mes aulnes.

Mais, maintenant,

Il n'y a qu'un silence glacial

Dans le jardin de mon tiroir.

Seules les souris font du bruit

Avec leurs dents.


Réponds-moi, je t'en prie,

Réponds-moi, Julia,

Ce que je peux faire.

Hier soir,

Les souris ont déchiqueté la moitié de mes

chaussures.

Bientôt, elles rongeront mes os.

Mais moi

Qui n'ai pas toi,

Je n'ai rien d'autre à faire,

Sauf à cracher rouge

Sur la terre blanche.


Toi,

Tu es une gauchère

Comme ma mère.

Mais ça ne fait rien.

Quoique je deviendrai aveugle,

Puisque tu es gauchère,

Quoique tu deviendras muette,

Puisque je ne suis pas gaucher,

Réponds-moi!

Réponds-moi!

Quoique nous deviendrons des cigognes...


Maintenant,

Le vol de mes oiseaux flottera

Sur une certaine mer lointaine,

Une mer qu'on n'a jamais entendue,

Et la troupe de mes serpents se dirigera

Vers une certaine terre sainte,

Une terre qu'on n'a jamais rêvée.

Mais moi,

D'ici,

Je t'appelle, toi, Julia,

Qui ne me réponds pas.

**내 서랍 속 제비들**
하일지 시집

1판 1쇄 찍음 | 2010년 10월 20일
1판 1쇄 펴냄 | 2010년 10월 29일

지은이 | 하일지
발행인 | 박근섭, 박상준
편집인 | 장은수
펴낸곳 | **(주)민음사**

출판 등록 | 1966. 5. 19. 제16-490호
서울시 강남구 신사동 506번지 강남출판문화센터 5층 (우)135-887
대표전화 515-2000 / 팩시밀리 515-2007
www.minumsa.com